The Stubborn March

La marche têtue

The
Stubborn March
La
marche têtue

by

Gérard Chaliand

English translation by
André Demir

Blue Crane Books
Watertown, Massachusetts

The Stubborn March
La marche têtue

by Gérard Chaliand
English translation by André Demir

Published by Blue Crane Books, Watertown, Massachusetts

Copyright © 1992 by Gérard Chaliand. All rights reserved

Cover design by Aramais Andonian
Book design, typography & electronic pagination by Arrow Graphics, Inc.
Watertown, Massachusetts

Printed in the United States of America

Library of Congress Cataloging-in-Publication Data

Chaliand, Gérard, 1934-
   The stubborn march = La marche têtue / by Gérard Chaliand ;
English translation by André Demir.
      p.   cm.
   English and French.
   ISBN 0-9628715-3-2 : $15.95
   I. Demir, André. II. Title. III. Title: Marche têtue.
PQ2663.H268M36   1992
841'.914-dc20   92-28719
                                                              CIP

Contents

The Stubborn March   *1*
   La marche têtue

The Knives in the Sand   *29*
   Les couteaux dans le sable

Nomadic Fire   *61*
   Feu nomade

THE STUBBORN MARCH

If he falls, he fights on his knees
Seneca

LA MARCHE TÊTUE

S'il tombe, il combat à genoux.
Sénèque

1

Mon règne a commencé par un immense hiver.

Il y a si longtemps je m'en souviens à peine
des forêts immergées où se fige le cri
j'ai fui
mon corps obscurci de racines et ma peur de la nuit.
Je dormais sous la roche
les épaules meurtries la poitrine de pierre
et ma peur de la nuit.

J'étais à Babylone en des temps moins anciens
j'ai transporté la terre des jardins suspendus
j'en ai bu la poussière j'en ai pesé la graine
et le couteau du temps me déchirait les yeux.

Bête de somme
des temples et des colonnes
voleur du feu qui m'écartèle
j'ai été la risée parmi les jeux du cirque
la sueur et le sang
des corps pareils à des branches rompues.

J'ai dormi sous l'écorce du silence
au fil des nuits s'avivaient mes blessures
je ne connaissais rien des mots clairs
qui s'unissent aux veines
ni du vent de la mer
mon sang coulait épais comme l'oubli du monde.

Et si je m'éveillais
on m'emmurait vivant aux confins de la Chine

1

My reign began with an immense winter.

So long ago I can hardly recall
from submerged forests where the scream freezes
I ran
my body obscured by roots and my fear of the night.
I slept under the rock
shoulders bruised, chest of stone
and my fear of the night.

I was in Babylon in less ancient times
I carried the earth of the hanging gardens
I sipped its dust I weighed its seed
as the knife of time was tearing up my eyes.

Beast of burden
of temples and columns
thief of the fire that quarters me
I have been jeered in all the arenas
the sweat and the blood
of bodies dead like broken boughs.

I slept under the crust of silence
the stream of the nights salted my wounds
I knew nothing of clear speech
merging into the veins
nor of the wind of the sea
my blood flowing thick as the world's oblivion.

And if I awoke.
they immured me alive in the confines of China

2

J'ai marché durant des siècles séparé de moi-même
je suis entré dans les eaux
enlisé sans appui
mûr à la peine mûr aux coups
je ne suis que ce lâche qui a peur du pillage
de voler pour la faim me voilà né voleur
source morte dans les rochers
et si je m'éveillais
on m'emmurait vivant aux confins de la Chine

Délaissant ma raison dans l'inconnu des cartes
conquérant de mon empire
j'ai levé l'ancre
pour dessiner un ciel de caravelles
lors
la terre vit son image et dissipa les mers
mais je gisais prostré sans me connaître encore.

Et soudain houle sourde tant contenue
flux profond du plus loin des racines
couteau lourd de soleil
je m'empare de toutes les Bastilles
depuis sans liberté sans liberté je meurs.

2

I marched for centuries separate from myself.
I entered the waters
sunken without support
ripe to the sorrow ripe to the blows
I am but the coward afraid of the pillage
in stealing for hunger here am I, a born thief
dead spring in the rocks
and if I awoke
they immured me alive in the confines of China

Deserting my reason in the unknown of maps
conqueror of my empire
I have weighed anchor
to sketch a sky of caravels
then
earth saw her image and dispelled the seas
but I lay prostrate not yet knowing myself.

And suddenly muffled swell so long contained
deep flow from the farthest roots
knife heavy with sun
I seize all the Bastilles
since then without freedom without freedom I die.

3

Le miroir du matin s'ouvre pour mon cœur neuf
le corps saisi de charme oublie ses meurtrissures
je me suis découvert toutes les folies
je me suis rêvé roi.
J'ai déchiré mes lèvres à des sources amères
je jaillis des faubourgs
forgé de barricades
ma voix est sans écho je retombe
souverain sans royaume gisant aux carrefours.

Octobre tonne
sonne le glas du monde ancien
mon fleuve s'en retourne à la mer.

Et j'entends
il n'est plus de murailles aux confins de la Chine

Tout espoir n'est qu'espoir et porte peu de fruits
rongés de sang gorgés de peine
le corail de ma mémoire s'effrite.

Je porte l'espoir du monde il est lourd à porter

3

The mirror of morning opens for my heart
the body spellbound forgets its bruises
I discovered in me all the follies
I dreamt myself king.
I tore my lips at bitter springs
I leap from streets
forged with barricades
my voice is without echo again I fall
king without kingdom lying at the crossroads.

October thunders
tolls the bell of the ancient world
my river flows back to the sea.

And I hear
there are no more walls in the confines of China

All hope is but hope and bears so few fruits
eaten-up with blood strangled with sorrow
the coral of my memory crumbles.

I bear the hope of the world it is heavy to bear

4

Et me voici au jour du siècle vingt
nouveau comme à l'aube des temps

J'ai pour éléments
au bout de mes dix doigts
sur le grain de ma langue
dans mon regard tranquille
le rocher de la terre
l'eau et les rêves
le feu amical et secret
un ciel ouvert.

Je vis.
Je vis et je regarde et je m'étonne
soleil cœur pour battre la lumière
et lune source tarie
mon sang rythme votre course

4

And here I am in the day of century twenty
fresh as in the dawn of time

I have as elements
at the tips of my ten fingers
on the grain of my tongue
in my tranquil look
the rock of the earth
the water and the reveries
the fire friendly and secret
an open sky.

I live.
I live and I watch and I wonder
sun-heart to beat the light
and moon withered spring
my blood beats the rhythm of your course

5

Printemps collier d'orage
où j'ai senti danser les génies de mon sexe
j'ai enseveli des soleils
pour leur mordre la peau.

Me voici
avec ma faim ma soif
mes épaules arc tendu
mes bras
hache à double tranchant pour marquer mon passage.
Me voici
prêt à vivre mon temps unique et dérisoire
mon heure éclate
le cor de ma voix sonne pour faire saigner le vent.

Me voici toutes forces dehors
et ma mort à la main
renforcez vos solives
et percez-moi ces outres
je viens boire au festin.

Que je boive à la source et me rompe le cou
si votre temps court j'irai plus vite encore.
Je creuse les reins
je m'emplis d'océan
Ma liberté m'arrache la poitrine
veut briser tous les corps et me briser moi-même
j'arrache les forêts je les jette à la mer
et je courbe sanglant le temps qui me détruit.

5

Spring necklace of storm
where I felt dancing the genies of my sex
I buried suns
to bite their skin.

Here I am
with my hunger my thirst
my shoulders a drawn bow
my arms
double-edged axe to mark my passage
here I am
ready to live my moment futile and unique
my hour bursts
the horn of my voice blows to make the wind bleed.

Here I am all forces out
and my death in my hand
brace your beams
and pierce those goat-skins
I come to drink at the feast.

Let me drink at the spring and break my neck
if your time runs I will run faster yet.
I arch my back
I fill myself with ocean
My freedom rips open my chest
wanting to crush all bodies to crush me too
I uproot the forests I throw them into the sea
And I bend bleeding the time which destroys me.

6

Donnez-moi la femme la plus ivre
la plus belle de vivre
la nuit de son ventre
ses lunes d'orages.
J'appelle à moi la forêt et le vent
rocher donne-moi ta force de taureau debout
l'âpreté de la liane pour mes mains
l'os et le silex pour mes reins
le souffle de mes veines sur le rivage
pour prendre le ventre tremblant de la mer.

Donnez-moi le vent
pour arracher les rêves qui couvrent ses paupières
et la ramener à moi.

J'appelle les marées

les mains sans mémoire
la tête brouillée d'odeurs
ventre mâle soleil levant
je jaillis de l'hiver où j'abritais ma neige
je confonds ma saison aux saisons de son corps
l'eau des aisselles entre les seins
les cuisses arbres foudroyés
étendus par des forêts d'eau tiède
et de verdure épaisse
cœur renversé
chute marine.

Je nage en silence aux collines de la nuit
mousse pour dormir
fraîcheur de cresson.
Que l'homme heureux tue le coq de l'aube
fasse du jour naissant une nouvelle nuit.

6

Give me the woman the most rapturous
the most lovely with life
the night of her belly
her stormy moons.
I call the forest and the wind to me
rock give me your strength of a standing bull
the harshness of the vine for my hands
the bone and the flint for my back
the breath of my veins on the shore
to take the trembling belly of the sea.

Give me the wind
to uproot the dream covering her eyelids
and bring her back to me.

I am calling the tides

My hands unremembering
my head blurred with scents
male belly rising sun
I burst from the winter where I sheltered my snow
I blend my season to the seasons of her flesh
armpits water amidst the breasts
thighs trees struck by lightning
strewn by forests of warm water
and lush foliage
overturned heart
marine overthrow.

I swim silently to the hills of the night
moss for sleeping
freshness of watercress.
Let the happy man slay the cock of the dawn
Let him make of the new day another night.

7

Terre ma terre
je coule ton sable dans ma main
et comme les doigts
je chante tes cinq continents
De ma bouche à mes yeux je vous donne tous mes sens
rives des Amériques
tous mes jours pour l'Europe mes nuits pour l'Afrique
mon enfance à l'Asie.

Terre ma terre
d'être souvent tomber sans relever la tête
je sens battre ton pouls et ton cœur est unique
il n'a pas de couleur
il bat.

7

Earth my earth
I run your sand in my hand
and like my fingers
I sing your five continents.
From my mouth to my eyes I give you my every sense
shores of the Americas
all my days to Europe my nights to Africa
my childhood to Asia.

Earth my earth
having often fallen not raising my head
I hear your pulse and your heart is unique
it has no color
it beats.

8

Je chante tes hauts lieux
et ma peur de la nuit
fixe au cœur du roc mes monstres familiers
au cœur du roc ma seule éternité.

Couvert de sang pétri de boue
j'ai lancé à la mort le cri des Pyramides
Babylone et Ninive dont les noms ne meurent pas.

En chantant j'ai lancé
les flèches de mes cathédrales
et chacune est mon vivant navire

reins de sable yeux sans eau
mes minarets
ont tracé une écriture neuve.
Chaque jour cinq fois mon chant frappe les mers de sable
repeuple de mes mots tous les déserts du monde.

Je suis le cœur profond
des Bouddhas immobiles
devant des paysages de brume.
Bousculant la forêt, j'ai édifié des temples
où les dieux les racines dansent
avec leurs mille bras et leurs mille racines
dansez !
que s'éveillent les dieux
coupez toutes leurs têtes et sur vos huit épaules
faites-en un collier
que vos cuisses ruissellent s'émeuvent de ruisseaux
fécondent les racines.
J'ai dressé dans mon élan
des phallus de pierre pour prendre le soleil.

8

I sing your milestones
and my fear of the night
fixes in the heart of the rock my familiar monsters
in the heart of the rock my sole eternity.

Covered with blood molded in mud
I have hurled to death the roar of the Pyramids
Babylon and Nineveh whose names do not die.

Singing I let loose
the arrows of my cathedrals
and each one of them is my living ship.

Back of sand and waterless eyes
my minarets
have traced a new script.
Each day five times my song strikes the ocean of sand
restocks with my words all the deserts of the world.

I am the profound heart
of the immobile buddhas
before the misty landscapes.
Shoving the forest I raised temples
where the gods and the roots dance
with their thousand arms and one thousand roots
dance!
let the gods awake
Cut all their heads and on your eight shoulders
make them a necklace
let your thighs stream wet being stirred by the streams
impregnating the roots.
I erected in my impulse
phalluses of stone to rape the sun.

9

Je m'arrête
à la croix des chemins je lance mon chapeau
dans mon cœur gisent mes amis morts.

Morts ceux du Nil
de l'Euphrate et du Tigre
du Pérou du Mexique
et ceux que je n'ai pu connaître
ceux qui n'ont pas même laissé de cicatrice.

Morts
de cette mort que je porte
qui m'emplit la bouche
et me ferme les yeux.

9

I stop
at the crossroads I fling my hat
in my heart lie my dead friends.

Dead those of the Nile
of the Euphrates and of the Tigris
of Peru and of Mexico
and those I could never know
those who did not even leave a scar.

Dead
of this death that I carry
which fills my mouth
and shuts my eyes.

10

O mes espoirs mes beaux espoirs
grands poissons morts sur les galets

Coupez mes doigts allumez-les comme des cierges
que ma force coule de mes deux poings coupés
que le sable assèche le murmure de mes veines.
Torrent je vais et m'éblouis moi-même
pour mourir à la mer aveuglé de soleil
— brisé au fort de la paroi.

J'ai tant marché parmi des forêts prisonnières
jusqu'à la déchirure jusqu'au cri arraché
nous n'avons pas atteint le chemin de ce monde
et sans l'avoir atteint nous n'y reviendrons plus.
Cercueil mon cheval de bois
nous glisserons ensemble par des étangs gelés.

10

O my hopes my beautiful hopes
full grown fish dead on the pebbles

Cut my fingers light them as candles
that my strength seeps from my severed fists
that the sand dries out the murmur of my veins.
Torrent I go and I dazzle myself
to die at the sea blinded by the sun
— broken at the thickest of the wall.

I have marched so long among captive forests
until the ripping until the wrenching of the scream
we have not reached the road of this world
and without having reached it we shall not return
coffin my wooden horse
we shall glide together over frozen pools.

11

Chante ma mère
chante tes vieilles chansons si tristes
qui ruissellent des villages engourdis de soleil
des villages déserts où coulent des fontaines
chante ma douce mère en brodant tes mouchoirs.

Conte mon père conte
les chalands sur la Meuse
et la pluie sur les Flandres.
J'écoute tes histoires
le visage lumineux des feux de la Saint-Jean
celle de Bruges l'ancienne et celle du tendre Gilles
raconte-moi encore celle du prince d'Elseneur
pour que je me souvienne
des jours de mon enfance
où tu me promenais au milieu de la pluie.

11

Sing my mother
sing your old and grieving songs
cascading down from villages numb with sun
from deserted villages where fountains flow
sing my sweet mother while embroidering your scarf.

Tell my father tell of
the barges on the Meuse
and the rain on the Flanders
I am listening to your stories
the luminous visage of the Saint-Jean fires
the one about ancient Bruges and the one about
tender Gilles
tell me again about the prince of Denmark
so that I may recall
the days of my childhood
when you walked with me in the rain.

12

Et nous allons ventre-mourir
un obscur chemin ouvert à force de déchirures
une chute certaine
une marche têtue.

Paris, 1959

12

And we will go gut-dying
an obscure road opened by sheer rippings
a certain fall
a stubborn march.

Paris, 1959

THE KNIVES IN THE SAND

In a brief period, exhaust a long hope.
Horace

To Juliette

LES COUTEAUX DANS LE SABLE

En un bref espace, épuise un long espoir.
Horace

A Juliette

Chaque bouffée de soleil l'avait porté à l'amour;
une tendresse déchirée lui faisait ouvrir les mains.
L'eau des sources polissait son cœur.

Du fond de sa mémoire, jaillissaient parfois des
tristesses anciennes auxquelles il ne croyait plus.

Quand il ouvrit les yeux, au grand soleil, fatigué
d'espérance, las d'avoir rêvé un amour fraternel, il
s'étendit sur la grève, les lèvres pleines d'écume.
Loin, résonnait le pas des marches stériles.

La tristesse porte de longues fatigues, tisse des rêves
solitaires.
Tout me manque jusqu'à cette femme précieuse et
nue dont j'ai soif.

Every breath of sun had brought him to love; a torn tenderness made him open his hands. Spring waters polished his heart.

At times, from the depth of this memory came bursting forth former sadness in which he did no longer believe.

When in full sun he opened his eyes tired of hope, weary of having dreamt of brotherly love, he stretched out on the shore, his lips covered with foam. Far away, resounded the tread of barren marches.

Sadness carries long weariness, weaves lonely dreams. I lack everything even that woman precious and nude for whom I thirst.

*Plusieurs hivers, je vécus seul. Les
absences du soleil sont d'infinis sommeils.*

Source entrouverte de cruauté, corps soumis
le mal qu'on a fait vous embrasse les mains.

*Several winters, I lived alone. The
absences of the sun are infinite slumbers.*

Half open source of cruelty, tamed body
the pain we have inflicted kisses your hands.

*J'ai attendu. Rien ne servait de chercher
la rencontre; nous ignorions tout de
nous-mêmes.*

Dormir un long sommeil qu'un été plein éveille
dans ton fragile sourire, tremblant de ma naissance.

*I waited. It was of no use to force
the encounter; we knew nothing of
each other.*

To sleep a long sleep that a full summer awakes
in your fragile smile, trembling from my birth.

Pour la guitare

Mes mains portent des saisons figées au bord des
 sources
des printemps malades
l'oubli des rires d'eau claire

Rêves rêves au chant qui dure
visage de sève aux lèvres tendres
visage fragile empli de maladresse

Mes mains portent des saisons figées au bord des
 sources
des printemps malades
l'oubli des rires d'eau claire

Song for the guitar

My hands carry frozen seasons to the rim of the
   fountains
suffering springtimes
the oblivion of bubbling laughter

Dreams dreams of lasting song
vital face with tender lips
fragile face full of awkwardness

My hands carry frozen seasons to the rim of the
   fountains
suffering springtimes
the oblivion of bubbling laughter

ALGUES

— fleurs mortes —
Je songeais à un amour d'autrefois, déçu
de trop de jeunesse, un amour d'un seul été,
dans une île de la mer Egée.

I

Sur tes cheveux de mer et de soleil
mes mains cherchent tous tes reflets
souvenir de roches mouillées, lointain où je m'enfonce
tes yeux — si profonds que je n'y vois que toi.

Ton corps calme parmi les coquillages,
le monde retient son souffle pour durer encore.

II

Tes yeux de source pure
que tu offres au jour sans crainte d'émouvoir,
O ma vie entrouverte, ma berge d'eau vive,
Le soleil fait le tour de ta fraîcheur d'aimer.

III

Pour t'aimer, j'ai renoncé à ce qui semblait ma force,
à ton amour j'ai demandé l'eau claire.

Ta main s'est posée sur mon visage, et elle a changé
mon visage.

IV

Les jours, sans bruit
crèvent
dans des soirs de néons criards
les jours de Paris bouffis de gris.

Mon bel amour d'été vert
mon amour nu sur les grèves.

ALGUES

— dead flowers —
I was pondering a love of another time,
deceived by too much youth, a love of a single
summer, on an island in the Agean sea.

I

On your hair of sea and of sun
my hands seek all your reflections
remembrance of wet rocks, depth where I disappear
your eyes — so deep that I see in them only you.

Your body calm among the seashells
the world holds its breath to last a little longer.

II

Your eyes of limpid water
that you offer to the day without fear of arousing,
O my half open life, my bank of fresh water
the sun circles the freshness of your loving.

III

To love you, I renounced what seemed my strength,
of your love I asked its pure water.

Your hand touched my face, and it changed
my face.

IV

The days silently
fade away
In the evenings of gaudy neon lights
the days of Paris puffed with gray.

My beautiful green summer love
my love naked on the shores.

A Zadkine

*C'était à Rotterdam, sur la Grand-
Place de la ville; une statue se dressait,
chant funèbre pour la ville détruite.*

Ville de pierres blessées, tronc privé de ramure,
ville aux entrailles absentes, source tarie.

Bref bonheur à goût de chute,
amour, rose rouge à la bouche, caillot encore humide.

Jet de sang clair bercé de larmes.
Tout notre amour efface l'écorce de la nuit.

To Zadkine

*It was in Rotterdam, in the town's
square; stood a statue,
funeral hymn to the destroyed city.*

City of wounded stones, limbless trunk
city of missing guts, withered spring.

Brief happiness with the taste of a fall,
love, red rose in the mouth, clot still wet.

Gush of limpid blood cradled in tears.
All our love erases the shell of the night.

*Un jour, je sus peu à peu qu'elle venait
à moi. J'eus la bouche pleine de son amour.*

Mes yeux n'ont qu'un chemin, ils te parcourent entière
et mes rêves vacillent au creux de ta rivière.
Tes bras rives de douceur
à tes yeux, en cortège, des rêves de velours
toute l'eau des neiges fond aux perles de tes doigts
et tu offres ta grâce sans désir de retour.
Chacun de tes sourires déchire un peu de roche.

La fraîcheur des rivières au bord des yeux du jour
coule par tes reins fragiles — oasis de faiblesse
la rose de ton cœur réclame sa chair de lune
l'amour perle au collier de ta gorge légère.
Je t'aime, la gorge nouée aux fibres de l'été
chaque aube m'éveille tes yeux au fond de mon regard
ma femme heureuse jusqu'au bord des paupières.

Nos rires feront trembler des miroirs d'eau légère.

> *One day, I knew little by little that she was coming to me. My mouth was full of her love.*

My eyes have but one road, they wander all about you
and my dreams flicker in the hollow of your stream.
Your arms shores of softness
from your eyes, in procession, reveries of velvet
all the snowwater melts to the pearls of your fingers
and you offer your charm disinterestedly.
Every one of your smiles tears some of the rock.

The freshness of streams on the eyerims of dawn
runs down your slender back — oasis of weakness
the rose of your heart calls for its flesh of moon
love pearls on the necklace of your frail bosom.
I love you, my throat tied on the fibers of summer
every dawn awake me your eyes in the depth of my glance
my woman happy to the tips of her eyelids.

Our laughter will ripple mirrors of light water.

Ton corps offrit un été plus pur à
mon corps privé de sa saison.

Ta cuisse où perle le long filet de ta vie intérieure.
Et le merveilleux éclatement de ton ventre en moisson,
séjour nocturne d'obscures espérances chaviré dans le
jaillissement de la redoutable fleur à jamais offerte
— fruit de la seule apocalypse
        Toi
                — enfin nue.

Your body offered a truer summer to
my body deprived of its season.

  Your thigh where pearls the thin trickle of your inner life. And the wonderful explosion of your belly in harvest, nocturnal harbor of obscure hopes quivering with the eruption of the formidable flower forever offered — fruit of the sole apocalypse
      You
            — naked at last.

Ta chaleur dérisoire contre la chute du temps la vie te tisse des rides de dentelle.

Your warmth so futile against the flight of time
life weaves you wrinkles of lace.

La mer traversée brille encore dans mes yeux
j'ai bâti des oasis dans la fumée de ma pipe
mais les rêves meurent de se voir refléter
et la pluie fine et tiède dans ma tête
a la couleur de Notre-Dame et du Quartier.
J'oublie les solitudes
la voix humaine de la mer sur les galets
se joue des marées
et seul dans ces reflets de sable d'eau et de feu
le souvenir de ton visage calme
berce mes jours.
Paris
je reviendrai — mon amour dans la poche
mes espoirs désolés blanchissent sur la grève.

The crossed ocean still glitters in my eyes
I have built oasis in the smoke of my pipe
but dreams do die of being reflected
and the fine and warm rain in my head
has the color of Notre Dame and of the Latin quarter.
I forget my loneliness
the human voice of the sea on the pebbles
makes nothing of the tides
and alone in those reflections of sand of water and of fire
the memory of your lovely calm face
cradles my days.
Paris
I shall return — my love in my pocket
My desolate hopes bleach on the shore.

J'ai rêvé de fleuves qui sillonnaient la mer, de montagnes de cristal. J'ai voulu tout oublier pour redevenir neuf. J'avais trop longtemps vécu en des villes dont les grèves sont absentes; le soleil enseveli. Une fois, j'ai connu un homme déboussolé, pour changer le monde, dans sa main, il tenait un sexe à cran d'arrêt; chaque nuit le même songe emplissait ses paupières, baignait son ventre.

Je me souviens, c'était il n'y a guère, au bord d'une mer acide, tu nageais, et tes épaules paraissaient plus légères que l'écume. Peut-être ai-je même pleuré de te savoir mortelle. Déjà les marées te recouvrent, visage perdu à mes mains.

I dreamt of rivers furrowing the sea, of crystal mountains. I wanted to forget it all to become new again. I had lived too long in cities where shores were absent; the sun shrouded. Once, I knew a disoriented man who to change the world held in his hand a spring-loaded sex; every night the same dream filled his eyelids, bathed his belly.

I remember, it was so recently, by the shores of an acid sea, you were swimming, and your shoulders seemed lighter than the foam. Perhaps I even cried to know you were mortal. Already the tides are over you, visage lost to my hands.

J'ai roulé dans le soleil comme le premier homme au premier matin, le corps nu, dénoué de ses racines aveugles.

Le meilleur de ma jeunesse l'aurais-je trahi? tout le temps perdu tout le temps perdu demeure le plus vivace.

J'ai voulu m'arracher à l'habitude et chaque pas m'y rejette, et j'en rejaillis jusqu'à m'épuiser, jusqu'à vieillir.

I rolled in the sun like the first man on the first morning, the body bare, untied from its blind roots.

Had I betrayed the best of my youth? all the wasted time all the wasted time remains the most vivid.

I have wanted to escape routine and each step pulls me back, and I escape again until exhaustion, until I grow old.

Ma vie. Il m'a fallu longtemps pour te rejoindre au cœur du plaisir mûr, silencieuse découverte.
Maintenant je te connais, tu es douce-amère.
Peut-on consoler l'arbre vert qui se dessèche? Je glisse vers une mer sans soleil, perdu au milieu d'oies sauvages et de roseaux.

My life. It took me forever to reach you in the heart of ripe pleasure, silent discovery. Now that I know you, you are bitter sweet.

Can one comfort the green tree that withers? I slip toward a sunless sea, lost among reeds and wild geese.

Trop de rameurs fatigués se cherchent sur la mer
cherchent une grotte paisible pour y dormir
une maison parfois s'ouvre où l'on peut boire
la nuit, un visage ami fait rêver de jeunesse.

Nous avons perdu souffle à voler du temps
au temps qui passe.
Maintenant, notre joie se mesure aux gestes désespérés,
Demain le corps sera rouge de racines éclatées.

Tous nos couteaux meurent dans le sable
Comme la mer, mon cœur ne connaît de repos.

Paris 1955-1958

Too many exhausted oarsmen wandering on the seas
look for a quiet cave if only to sleep
at times a house where you can drink welcomes you
at night, a friendly face to make you dream of youth.

We are all worn out stealing time
from the time that passes.
Today, our joy is measured in desperate gestures,
tomorrow the body will be red with bursting roots.

All our knives die in the sand
My heart like the sea knows no rest.

Paris 1955-1958

NOMADIC FIRE

To the memory of my father

FEU NOMADE

A la mémoire de mon père

1

Une mappemonde qui tourne, c'est ma vie qui défile
le monde me va comme un gant.
Le Niger coule — grosse veine entre mes sourcils.

Je ne sais que vivre ma vie et la poursuivre
comme on traque une bête qui parfois se dérobe
et parfois meurt en criant.
Nous n'avons aimé que cette chasse et cette image du
 chasseur
la douceur des visages
la chair des mots
et les nuits solaires.

Depuis vingt ans, pour moi, la terre tourne plus vite
et je n'en finis pas de forcer le temps qui passe
et qui sans moi passerait si je le laissais passer.
Mes voyages ne sont qu'une seule route qui s'ajoute à
 ma vie.
Un jour viendra où nous n'aurons plus que des marées
 de mortes eaux
Un flot de vent gris coulera des poches du naufrage.

Maintenant j'ai les prises les plus fines à ma ceinture.

1

A globe that turns, it's my life unfolding
the world fits me like a glove.
The Niger runs — thick vein between my eyebrows.

I know only how to live my life and pursue it
as one tracks down a beast which at times eludes
and at times dies howling.
We only loved that hunt and that image of the
  hunter
the sweetness of faces
the flesh of words
and the solar nights.

For twenty years, for me, the earth turns faster
and I am never through forcing the time that passes
time which would pass without me if I were to let it.
My travels are but one road which merges with my life.
A day will come when we shall have only tides
  of dead waters
A wave of grey wind will pour from the holes of the
  wreckage.

Now I have the best catches at my belt.

2

Ma vie en ce temps-là, coulait à fond perdu
Il y avait à Londres une femme
et les jours et les nuits se confondent
jusqu'à n'en plus connaître la couleur du temps.

J'ai fait plus de quinze métiers
au gré des pays et du vent
la terre défile sous mes semelles.
Je gravis le toit du ciel
avec ma chevelure de nuage
et mon cœur coule par la nuit des villes.
Naguère je me levais léger
au premier matin de ma soif
je n'avais que les paupières à soulever
o ma vie
le désir de la peau et du cœur
de chaque lune à chaque soleil
me donne ses visages
et son corps féminin.

2

My life in those days was running unrestrained
there was a woman in London
and the days and the nights are blurred
to the point of forgetting the true color of the time.

I have plied more than fifteen trades
at the mercy of nations and wind
the earth unfolds under my soles.
I climb to the roof of the sky
with my mane of cloud
and my heart glides by the night of the towns.
In earlier days I would get up lightly
on the first morning of my thirst
I had only my eyelids to lift up
Oh my life
the desire of the skin and of the heart
from each moon to each sun
gives me its faces
and its feminine figure.

3

Je t'ai perdu dans le brouillard des brouillards
Comme j'ai toujours su que je te perdrais
Par un matin gris au milieu de la pluie
et je vois ton ombre glisser parmi les nuages.

3

I have lost you in the fog of the fogs
As I always knew I would lose you
by a grey morning in the middle of the rain
and I see your shadow gliding among the clouds.

4

Les rennes blancs courent au bord de la mer boréale
et je pêche la baleine et le phoque.
L'étoile polaire est au sommet de ma tente.
Mes oiseaux sauvages emportent leurs cris blessés.
Mes chasses n'ont plus que des veines mortes
et mes couteaux se brisent au fil du temps.
J'ai la mort au bord du regard
sur ta tombe un soleil et une lune contre les ténèbres.
Ma carène glisse dans le jour gris.

4

The white reindeer run near the boreal sea
and I fish for the whale and the seal.
The northern star is at the tip of my tent.
My wild birds carry off their wounded cries.
My hunts are left with dead veins
and my knives are chipped by the passage of time
death waits at the edge of my glance
a sun and a moon on your tomb against the shadows
my hull slides in the grayish day.

5

Et nous avons fatigué le désert de nos pas, portés par
l'espoir de la mer
La terre — taureau funèbre dont le souffle desséchait
nos corps.
Longue retraite où nous n'avons rêvé que de retour
natal.
Voie lactée — route océane — nous t'avons
silencieusement descendue jusqu'à la grève.

Là, il n'était point de voile pour rejoindre le port.

5

And we tired the desert with our steps, borne on by the hope of the sea
The earth-funeral bull whose breath parched our bodies.
Long retreat when we dreamt only of return to the womb.
Milky way — oceanic road — we silently followed it to the shore.

There, there was no sail to reach port.

6

Tu es moi dans les forêts de Guinée
Tu es avec moi dans le Delta du Fleuve Rouge
Ensemble nous avons joué à saute-mouton sur les Andes
Il n'est pas de pays où nous n'ayons rêvé ensemble
dans la migration qui nous porte vers la même chute
Ici s'arrête notre histoire
Aucun enfant ne viendra au miroir — d'autres
   continueront
Moi, j'ai la force d'aller jusqu'au bout
Pas de recommencer.

6

You are with me in the forest of Guinea
You are with me in the Delta of the Red River
Together we played leap-frog on the Andes
There is no country where we have not dreamt together
in the migration taking us toward the same fall.
Here ends our story
No child shall ever come to the mirror — others will
   continue
As for me, I have the strength to go until the end
But not to start over.

7

Voici que finit le temps d'aimer
Adieu
Nous avons tant voulu jouer avec le feu
que la cire a coulé par les deux bouts.

7

Here ends the time to love
farewell
we wanted so much to play with fire
that the wax dripped from both ends.

8

Cavalier nocturne d'une course perdue
je ne vois que l'ombre creusée dans la pierre
Le vent d'ouest griffe le chiendent des dunes.
Maintenant la mort a le visage de ceux que j'aimais
Morts les yeux d'océan de mon ami Pierre-Carl
morte la chair d'orage de la belle Véronique
et toi, sans trêve au bord de mes paupières
quand je dors et quand je veille
et que jamais je ne parviens à ramener au jour.

8

Nocturnal horseman of a losing race
I see only the shadow carved in the stone
The west wind claws the weeds of the dunes.
Now death has the face of those that I loved
Dead the sea — ocean — eye of my friend Pierre-Carl
dead the stormy flesh of the fair Veronique
and you, unceasingly on the rim of my eyelids
you whom, asleep or awake,
I never succeed in bringing back to life.

9

Comme un guerrier défait dans une aube indécise
je prends l'extrême congé du jour
voici nos dernières accolades
Que nous reste-t-il au bout de ce voyage
sinon ce chant fragile
Cette marche de la tribu à la recherche de son feu.

9

Like a defeated warrior in an uncertain dawn
I take the final leave of the day
here are our last embraces
What have we left at the end of this voyage
if not this fragile song
This march of the tribe in search of its fire.

10

L'estuaire de l'Elbe coule large comme les fleuves
  d'outre-mer
Et je regarde passer les grands navires quittant le port
  d'Hambourg
la brume au loin lance son cri de sirène perdue
Et tous mes souvenirs s'embuent dans la glace des eaux.

Les longues plaines du nord s'en vont mourir dans les
  bouleaux
Et la pluie fine sur la Baltique d'ambre et de bruine
terre gorgée d'eaux et de canaux
et la paix de tes maisons aux carreaux rouges.
Cafés de Vienne, rues buissonnières de Prague
on s'y penche sur le tain des miroirs
ma vie se souvient de ce qu'elle n'a pas connu.

10

The estuary of the Elbe runs wide as the overseas
   rivers
and I watch the great ships leave the port of
   Hamburg
the mist in the distance sends her scream of lost siren
and all my memories mist in the ice of the waters.

The vast plains of the north go off and die in the
   birch trees
and the thin rain on the Baltic of amber and of drizzle
earth gorged with waters and canals
and the peace of your red tiled houses.
Cafes of Vienna, roaming streets of Prague
one leans on the silver of the mirrors
my life remembers what it has never known.

11

J'ai connu les chevauchées jaillies du fond de
  l'Asie
l'or, le rapt, le sang
chaque mot claquait ferme au bout du fouet
En avions-nous rêvé de villes opulentes et de
  femmes parées
du temps où la steppe et nos chevaux
étaient tout notre monde.

Le soir, parmi les feux, nos chants montaient le long
  des remparts
et les villes étaient déjà nôtres.
Je revois notre horde au galop
dans un cri qui n'en finit pas
couvrir le monde jusqu'à l'océan
C'était notre façon de labourer la terre.

11

I have known the rides shooting out from the depths of Asia
gold, rape, blood
each word cracked hard at the tip of the whip
how often did we dream of affluent towns and
  adorned women
at the time when steppes and horses
were all our world.

At dusk, among the fires, our songs would climb
  the ramparts
and the towns were already ours.
I can still see our horde at a gallop
in an unending scream
covering the world as far as the ocean
it was our way of plowing the earth.

12

Parfois je pense au cimetière de banlieue
où dort la grand-mère de mon enfance
et tous ceux que j'aime, en cortège, l'y vont rejoindre
  sous la pluie.
C'était à Mexico il y a dix ans.
Depuis, le sang goutte à goutte, traverse le sablier.

12

Sometimes I think of the dreary cemetery
where sleeps the grandmother of my childhood
and all those that I love, in procession, go join her
   under the rain
It was in Mexico ten years ago.
Since then, drop by drop, blood runs through the
   hour glass.

13

Le Nil coule dans le désert
et fait et défait les saisons
Ta barque, je m'en souviens passait sur la rive funèbre
J'entends quelques notes de cithare
et mon cœur s'en va sur une felouque à voile triangulaire
avec mes espoirs sans issues.

13

The Nile runs through the desert
and makes then unmakes the seasons
I remember your boat reaching the funeral bank
I hear a few notes on a cithara
and my heart departs on a felucca of triangular sail
with my deadlocked hopes.

14

Une fois, j'ai coulé le long du continent américain
en remontant le cours des saisons
Au Quebec mourait le plus bel automne
 du monde
au feu des érables
comme une dernière Saint-Jean avant les neiges.

C'est en Californie que je retrouve le compagnon de
 mon enfance
Comme les vagues de la mer le temps vient battre à
 mes tempes
Nuits sahariennes, plus belles que le jour même.
Le vert, seule oasis vive au bord des sables.
Les villages du Delta sont entourés de bambous
La guerre donnait du prix aux gestes quotidiens.

14.

Once, I glided the length of the American continent
going against the course of the seasons
In Quebec was dying the most beautiful autumn in
the world
under the fires of the maple trees
like a last Saint-Jean before the snows.

It is in California that I find the blood-brother of
  my childhood
like the wave of the sea time comes and beats at
  my temples
Saharian nights, more beautiful even than the day.
The green, lonely oasis alive at the door of the sands.
The villages of the Delta surrounded with bamboos
The war gave a worth to the daily routine.

15

Le bel automne bulgare touche à sa fin
Nous avons promené nos souvenirs d'enfance
Elle t'a fait caresser son ventre gravide.
Je rentre chez moi par le train
L'Orient-Express n'est plus qu'un convoi de
  saisonniers et d'immigrants
et je me promène en fumant ma pipe
dans Venise de Novembre gonflée par la pluie.

15

The beautiful Bulgarian fall is nearing its end
We have toured our childhood memories
She had you caress her gravid belly.
I am going back home by train
the Orient Express now is no more than a convoy of
    seasonals and immigrants
and I walk along smoking my pipe
in a Venice of November bloated by the rain.

16

Alors camarades
on ne s'était donc levés que pour ça ?
Tout le sang et les rêves de nos vies pour un écho brisé
Et vos dictatures policières tempérées par la corruption.

Un peu partout pourrit le royaume du Danemark
Pas d'aube déchirante qui s'ouvre à deux battants
D'apocalypse
roulant ses chevaux jusqu'à changer la couleur de
 l'herbe.
Nous ne recommencerons pas le monde comme si de
 rien n'était.

16

Well comrades
Did we get up then just for this?
All the blood and the dreams of our lives for a broken
   echo
and your police states tempered by corruption.

A little everywhere rots the Kingdom of Denmark
No bursting dawn flinging wide open
No apocalypse
So running its horses to change the color of the grass.
We shall not start the world over as if nothing had
   happened.

17

Je salue les femmes qui s'ouvrent les veines pour la fête sans penser à demain.
Allons les vaisseaux sont brûlés, il reste toute la terre et les loups chassent à jeun.
Nous ne connaîtrons pas la douleur du vaincu.

17

I salute the women who slash their veins for the feast
without thought of tomorrow
Let's go the boats are burned, there is still the whole world
and the wolves hunt hungry
We will not know the pain of the vanquished.

18

Je n'ai pas misé ma vie à demi
j'ai tout jeté dans la balance
j'ai bu à toutes les fontaines du chemin
plus que mon dû et j'ai couvert plus de chemins.
J'irais jusqu'à tomber d'un seul coup
feu nomade, de la nuit à la nuit
dans une longue course où le souffle tantôt me manque
et tantôt m'emporte.

18

I did not stake my life half way
I threw everything in the balance
I drank at all the fountains along the way
more than my due and I covered more ground.
I shall go on until I drop in my tracks
Nomadic fire, from night to night
in a long race where my breath at times fails me
and at times carries me.

19

Le long des gorges de la Mer Noire
l'eau coule
et le fou la regarde couler
comme une vieille barque aux amarres rompues.
Toutes les sirènes du port sifflent, les unes après
 les autres.
— Confluent de l'Europe et de l'Asie
Ton ombre passe sur le pont de Galata
et je te porte sur mon dos.
Que reste-t-il ?
Ma vie est une chasse sauvage
où je suis chasseur et gibier.

19

Along the gorges of the Black Sea
the water runs
and the fool watches it running
like an old boat adrift.
All the port sirens whine, one after
 another.
— Confluent of Europe and Asia
Your shadow passes on the bridge of Galata
and I carry you on my back.
What is there left?
My life is a savage hunt
where I am hunter and hunted.

20

Ainsi le temps a passé dans ma course
un jour, comme une falaise morte, j'apercevrai la mer
un dernier regard tranquille sur le désastre
les mouettes voleront dans l'air glacé.

San Francisco-Paris 1970

20

Thus has the time passed in my chase
one day, like a dead cliff, I shall see the sea
a last quiet look on the disaster
the seagulls will be flying in the icy wind.

San Francisco — Paris, 1970

From the same Author

The Art of War in World History. Berkely: University of California Press, forthcoming.

Atlas of the Diasporas. New York: Penguin Books, forthcoming.

Minorities in the Age of Nation-state. London: Pluto Press, 1989.

Terrorism. London: Saqi Books, 1987.

Strategic Atlas: A Comparative Geopolitics of the World's Powers (with J.P. Rageau). New York: Harper & Row, 1985. Update 1991.

The Armenians: From Genocide to Resistance (with Yves Ternon). London: Zed Press, 1983.

Guerrilla Strategies. A Historical Anthology From the "Long March" to Afghanistan. ed., Berkeley: University of California Press, 1982.

The Struggle for Africa. Great Power Strategies. London: Macmillan, 1982.

Report from Afghanistan. Baltimore: Penguin Books, 1982.

People Without a Country: The Kurds and Kurdistan. ed., London: Zed Press, 1981.

Food Without Frontiers. An International Cookbook. London: Pluto, 1981.

Revolution in the Third World: Myths and Prospects. New York: Viking Press, 1977. Penguin Books, 1978. Update 1989.

The Palestinian Resistance. Baltimore: Penguin Books, 1972.

Peasants of North Vietnam. Baltimore: Penguin Books, 1970.

Armed Struggle in Africa. New York: Monthly Review Press, 1969.